VENTE DU LUNDI 9 MARS 1885

HOTEL DROUOT, SALLE N° 4

*Après le départ du général de S****

Objets d'art
BELLES TAPISSERIES
MEUBLES

BRODERIES, DENTELLES, GUIPURES

Porcelaines, Faïences

TABLEAUX

COMMISSAIRE-PRISEUR	EXPERT
Mᵉ LÉON TUAL	**M. VANNES**
39, rue de la Victoire, 39.	54, Faubourg-Montmartre, 54.

EXPOSITION PUBLIQUE

Le Dimanche 8 Mars 1885

DE 1 HEURE 1/2 A 5 HEURES.

HONO
NATVRA
IMPRIMERIE DEL ART

CATALOGUE

DES

OBJETS D'ART

Meubles anciens et modernes

Commode — Bureau Louis XVI — Meuble Henri II
Lit de repos — Fauteuils — Chaises — Sièges divers
Piano — Tables — Encoignures — Entre-deux
Porcelaines et Faïences anciennes
Bronzes de Barbedienne et par Clésinger

SUITE DE QUATRE BELLES TAPISSERIES
DU XVIIIᵉ SIÈCLE

Les Quatre Saisons

Broderies, Guipures, Dentelles, de Venise, d'Alençon et d'Angleterre

TABLEAUX ANCIENS ET MODERNES

DONT LA VENTE AURA LIEU

En partie par suite du départ du général de S***

HOTEL DROUOT, SALLE Nº 4
Le Lundi 9 Mars 1885

A DEUX HEURES

COMMISSAIRE-PRISEUR	EXPERT
Mᵉ LÉON TUAL	**M. VANNES**
39, rue de la Victoire, 39.	54, Faubourg-Montmartre, 54.

EXPOSITION PUBLIQUE
Le Dimanche 8 Mars 1885

DE I HEURE 1/2 A 5 HEURES

CONDITIONS DE LA VENTE

Elle sera faite au comptant.

Les acquéreurs payeront en sus des enchères *cinq pour cent*, applicables aux frais.

L'exposition mettant le public à même de se rendre compte de l'état des objets, aucune réclamation ne sera admise une fois l'adjudication prononcée.

Paris. — Imp. de l'Art. E. Ménard et J. Augry
41, rue de la Victoire, 41

DÉSIGNATION DES OBJETS

MEUBLES

1 — Remarquable commode Louis XVI, en
bois de rose et marqueterie, cintrée sur le
devant, à portes et à trois tiroirs ornés chacun d'un médaillon en porcelaine de Sèvres,
à personnages et à fleurs, entourés de feuillages et fleurs en cuivre ciselé et doré. Sur
chacun des côtés un médaillon en Sèvres,
également encadré de cuivres ; sur chaque
pan une chute formée par une tête de bélier,
se raccordant à des feuilles d'acanthe qui
descendent jusqu'au sabot. Le marbre blanc
veiné est à double gorge. Belle pièce.

2 — Beau bureau Louis XVI, en bois de rose
et marqueterie, à colonnettes de cuivre, les
tiroirs, la tablette, les pieds ainsi que la

partie supérieure sont complètement ornés de bandes de rinceaux, de feuillages et de fleurs en cuivre ciselé et doré. Sur la face et en marqueterie sont deux motifs de vases fleuris; au centre, des attributs de musique; le fronton et les tiroirs sont garnis de roses et feuillages en cuivre ciselé et doré. Belle pièce.

3 — Important meuble Henri II, à deux vantaux, ornés chacun d'un panneau à motifs et à bossages et séparés par une colonnette, le fronton est à moulures.

4 — Lit de repos. Époque de Louis XVI.

5 — Quatre fauteuils Louis XVI, à médaillons en bois sculpté et doré.

6 — Autre fauteuil Louis XVI, à demi-médaillon en bois sculpté et doré.

7 — Quatre fauteuils Louis XV, bois sculpté, couverts en damas.

8 — Console Louis XVI, à guirlandes perlées, ornée d'un vase, et avec son marbre.

9 — Une table formant écran.

10 — Deux encoignures en bois de rose, à sabots de cuivre et dessus de marbre.

11 — Une encoignure-applique en bois de rose.

PORCELAINES

12 — Deux potiches en gros bleu, à rehauts d'or, sur pieds en bronze doré, et formant girandoles, à chacune quatre lumières et fleurs de lis, ainsi que le col en bronze doré.

13 — Biscuit de Sèvres. Époque Louis XVI. Groupe incomplet.

14 — Vase en porcelaine tendre de Sèvres.

15 — Tasse en pâte tendre de Sèvres, de 1755, à décor de guirlandes et de fleurs.

16 — Soucoupe pâte tendre de Sèvres, à fleurs.

17 — Beurrier en pâte tendre de Sèvres, de 1753, à décor d'oiseaux.

18 — Tasse mignonnette et sa soucoupe, ancienne porcelaine de Saxe.

19 — Neuf pièces en porcelaine à la reine, à décor de colombes et fleurettes.

20 — Tasse et soucoupe en Sèvres de l'Empire, décorées en camaïeu vert de personnages.

21 — Vase en porcelaine allemande.

22 — Beau plat en ancienne porcelaine du Japon.

FAIENCES

23 — Plat long, vieux Moustiers à décor bleu.

24 — Vase en Delft, bleu sur blanc.

25 — Plat en Moustiers.

26 — Onze assiettes en Moustiers, décor à gro-
tesques.

27 — Deux plats et cinq assiettes en faïence du
Midi.

28 — Deux assiettes en vieux Rouen, à l'œillet.

29 — Assiette en faïence italienne.

30 — Plat vieux Rouen, bleu.

31 — Deux plats et huit plateaux en Wegdwood.

32 — Huit assiettes à bords chantournés, en
faïence de Sarreguemines.

33 — Tasse trembleuse.

34 — Encrier vieux Rouen.

35 — Assiette et jardinière.

36 — Petite pendule et son socle, en marqueterie
de Boule. Style Louis XIV.

37 — Deux appliques à cinq lumières et bou-
quets de lis, bronze doré.

38 — Deux appliques en bronze doré, et fleurettes en porcelaine de Saxe.

39 — Encrier en émail cloisonné de la Chine.

40 — Braséro Louis XIV, en faïence du Midi.

41 — Aiguière en grès de Flandre.

42 — Cafetière en étain Louis XV, à couvercle et ornements rocaille.

43 — Buste en marbre du xvie siècle. Travail italien.

44 — Chien en bronze de *Fremiet*.

45 — Étui à flacon en écaille.

46 — Pendule en marbre de chez *Barbedienne*, ornée d'un bronze. Signée *Clésinger*.

47 — Marbre de *Clésinger*. La Méditation.

48 — Autre marbre de *Clésinger*. La Loi.

49 — Terre cuite de *Clésinger*.

50 — Autre terre cuite de *Clésinger*.

51 — Autre terre cuite de *Clésinger*.

52 — Autre terre cuite de *Clésinger*.

ÉTOFFES

53 — Beau tablier en ancienne guipure de Venise, brodée à jour, à feuilles, nervures et côtes en relief. Beau travail italien du XVIIᵉ siècle.

54 — Volant en dentelle d'Alençon.

Haut., 18 cent.; long., 5 m. 15 cent.

55 — Dentelles diverses. (Ce lot sera divisé.)

56 — Fichu Marie-Antoinette, en fine batiste brodée de fleurettes.

57 — Étoffe orientale lamée à fleurs et imbrications.

Longueur, 5 mètres.

58 — Dessus de piano en étoffe Louis XV, fond jaune à fleurs.

59 — Bande de soie à grosses fleurs.

60 — Deux fauteuils en étoffe brochée.

60 *bis*. — Piano.

61 — Lot de soieries anciennes. (Ce lot sera divisé.)

SUITE DE QUATRE TAPISSERIES DU XVIIIᵉ SIÈCLE

LES QUATRE SAISONS

62 — Le Printemps : Femmes, enfants et amours plantant des fleurs.

Haut., 2 m. 90 cent.; long., 1 m. 90 cent.

63 — L'Été : Femmes, enfants et amours chargés de fleurs.

Haut., 2 m. 90 cent.; long., 5 m. 80 cent.

64 — L'Automne : Une femme et trois enfants sont chargés d'épis, et deux amours à gauche.

Haut., 2 m. 90 cent.; loug., 3 m. 60 cent.

65 — L'Hiver : Une femme tient des fruits dans la main, un enfant souffle le feu, tandis qu'un autre fait cuire des gâteaux.

Haut., 2 m. 90 cent.; long., 2 m. 70 cent.

Ces quatre tapisseries faisant suite sont en *laine et soie,* ornées de bordures de fruits et féuillages, *et en parfait état.*

TABLEAUX ANCIENS

66 — **Largillière** (genre de). Portrait d'homme recouvert d'un manteau bleu. Cadre en bois sculpté.

67 — **Largillière** (genre de). Portrait d'homme recouvert d'un manteau grenat. Cadre en bois sculpté.

68 — **Largillière** (genre de). Portrait de femme.

69 — **Tocqué** (attribué à **Léon**). Portrait de Seigneur assis. Cadre en bois sculpté.

70 — **École française.** Portrait d'homme. Cadre
sculpté.

71 — **École française.** Portrait de femme.
Cadre sculpté.

72 — **Clésinger.** Paysage.

73 — **Clésinger.** Paysage.

74 — **Clésinger.** Paysage.

75 — **Clésinger.** Paysage.

76 — Portrait d'homme, d'École française, dans
un médaillon ovale.

77 — Objets non catalogués.